우리가
너무
가엾다

우리가 너무 가엾다

초판 1쇄 발행 · 2019년 11월 25일

지은이 · 권혁소
펴낸이 · 황규관

펴낸곳 · 도서출판 삶창
출판등록 · 2010년 11월 30일 제2010-000168호
주소 · 04149 서울시 마포구 대흥로 84-6, 302호
전화 · 02-848-3097
팩스 · 02-848-3094

디자인 · 정하연
인쇄 · 신화코아퍼레이션
제책 · 국일문화사

우리가
너무
가엾다

권혁소 시집

삶창

일곱 번째 시집을 묶는다. 매번 '이번이 마지막'이라는 맹세를 전제로 묶지만, 번번이 거짓말을 하게 된다. 왜 약속을 지키지 못했을까. 느닷없는 사랑처럼 시가 왔기 때문이다. 시 아니고선 이 세상과의 불화를 가라앉힐 수 없었기 때문이다.

점점 무뎌지는 쟁기를 보며 갈등한다.

쟁기를 벼려야 하나 밭을 버려야 하나…. 그런 날들이다.

2019년 가을 내설악 아랫마을에서 권혁소 씀

차례

제3부

제5부

제
1
부

슬픔에게

무지 때문이 아니라
희망에서 비롯된다 모든 슬픔은

처음이라는 기대와
마지막이라는 애절함이
슬픔의 기원이었음을 알았을 때
너도 나도 다시는이라는 단서를 달아
각오를 한다, 이제 더는 희망 같은 거와
속삭이지 말자고

그럴 때 삶은 주저앉는 것처럼 보이기도 하지만
슬픔의 이면에는 어떤 단단함도 있어서
신발을 꺾어 신고서라도 우리는 다시
세상으로 나아간다, 생애 첫 다른 흔적을 남기며

그대 차가운 손을 덥히던 어떤 온기 같은 것
슬픔은 그런 것이다, 그러니 슬픔아

부디 오래오래 머물러다오, 슬픔 너는
희망의 다른 이름 아니더냐

사랑, 느닷없는

검버섯은 피고
근육은 점차 소멸할 때
물매화를 닮은 아린 사랑 하나
내게로 와서
꽃 피우라
속삭인다

혼자 잠드는 일에 익숙해지던,
맹물에 끼니를 마는 날들이 늘어나던
오월의 어떤
신록 무렵이었다

뒤늦은 사랑은 그렇게
느닷없다는 말과 함께 와서
격조했던 언어들에게 말을 걸고
화석이 되어가던 심장에
맑은 물줄기 하나

흘려놓았다

사랑 그것은 광장을 밝혔던 촛불 같아서
내가 어두울 때 비로소 나를 환하게 한다

어떤 꽃은 지고
어떤 꽃은 피던 때였다

바다처럼 잔잔히 밀려오는 사람

나중에 당신을 기억할 때
바다처럼 잔잔히 밀려오는 사람이었으면 좋겠어요
오물오물 뱉어내던 그녀의 말을
잔잔히 밀려오는 바다 같은 사람이라면 좋겠어요, 라고
읽는다

사람과 바다 사이에 사랑이 있다 결코
쉽게 헤엄쳐 건널 수 없는 거리
손 내밀면 멀어지는 섬처럼
오도카니 떠 있는 실루엣, 그것이 사랑이라니

사랑도 흙처럼 만질 수 있는 것이어서
만드는 이의 손길에 따라
꽃병이 되거나 사발이 되거나 접시가 된다면
나는 이 전율을 주물러서 무엇을 만들게 될까

한 걸음 다가서면 두 걸음 물러나는 사랑

나무의 마음

나무도 어떤 마음을 키우고 있었다는 걸
몸통을 잘라보고서야 알았다
굴참나무 흰 속살이 키운 검은 나비 한 마리

겨울 하늘로 날려 보낸다

수천의 나비를 도살하고서야
나무도 어떤 마음이 있다는 것을 깨닫다니

사랑을 잊으려는 자학적 노동의 한가운데
나는 끝내 우화하지 못하고 참혹하게
무심한 계절만 톱질하고 있구나

서툰 사랑

그대는
어느 우주에서 떨어진
별똥별이라서
나의 계절을
불타게 하는 걸까

숲 없는 마을에서
노래를 부르는 일은
해머 부러진
피아노를 치는 일 같아서
자꾸자꾸 손가락에
힘만 주게 되는데

사랑은 평화를 낳는 일,
그런 사랑 키우느라
나의 가을이 벅차다

벅차서 좋은 일도 있으니
아직은 사랑할 만한 시절인가

세상의 안위를 묻는 밤,
정수리 근처에서 명멸하는
저 별의 안부가 궁금하다

어두운 아침

해 떠오른다고 모든 아침이
환하게 눈부신 것은 아니네

간밤에 보낸 메시지를 아직도
수신하지 않은 당신과의
지난밤을 되짚어 나오다가
말부리에 걸려 넘어진
나를 보았네
내가 놓은 말덫에 내가 걸려
허우적대는 저 연애의
불가사의를 마주하며 마지막
산등성이 넘어서는 안간힘을 바라보네

반암해변에서 떠올랐을
저 해는 내가 아직 어두울 때
향로봉 진부령을 넘어 명당산
여린 계곡을 두루두루 어루만지고서

내게로 건너왔을 터, 내가 뭐라고,
생각할수록 미안하네

나의 아침은 저 해로
밝아지는 게 아니라 사랑
그대 환한 눈빛으로만 밝아진다고
말해야겠네, 고백해야겠네

해 진다고
모든 세상이 꼭
어두워지는 것만은 아니네

우리가 너무 가엾다

배롱나무를 좋아하는데,
감나무도 한두 그루 있다면 좋겠는데
주춧돌 세운 여기는 배롱나무도 감나무도
뿌리 내릴 수 없는 수목한계선

알면서도 나무 탓을 한다
현주玄酒 같은 사랑 한 번 하고 싶었는데
세상에는 그렇지 않은 마음도 있다는 것을 알았으니
우리는 서로에게 얼마나 가여운 존재였을까,
잘라버리고 싶은 나무였을까
더 이상 뿌리를 뻗지 않는 나무를 뽑아내며
이제야 묻는다, 그동안
얼마나 힘들었던 것이냐고

등 돌린 그대가 저만치 걸어간다
그대가 가서 숲이 된다면 좋겠다
달을 가리키는 손가락 말고 동짓달 하늘에 핀

초승달이 된다면 좋겠다, 이것이
빌 수 있는 마지막 축복이라니

우리가 너무 가엾다

지는 사랑

늙어보니
사랑할 나이가 따로 있다는 것을 알겠다
마음만은 청춘이라는 말이
이해가 안 되는 것은 아니어서 그러려니 했는데
나이만큼만 사랑을 할 뿐 그런 건 없다, 하물며
이제 막 헤엄치기를 마치고
수면 위로 고개를 내민 그대에게야
말해 뭣 하겠는가

사랑을 잃고 시를 얻다니,
이런 행위가 삶을 경외하는 마지막 자세라고
슬픈 자위를 해보긴 하지만 더 많은 상처를
먼저 경험한 사람으로서 할 일은 아닌 것 같다

휘파람을 불어주는 일도 버겁게
지상에서의 마지막 사랑이 저문다
숨자, 어느 숲에든 몰래 들어가

조용한 바람에도 격하게 이파리를 떠는
관목灌木이라도 되자, 그대와 나
비록 실패하는 사랑에 매진했으나 아직
세상엔 못다 한 사랑이 많이 남았으니
사랑이 진다고 싸움을 부를 일만은 아니다
저무는 일, 때로 고요할 따름이다

어떤 패착

나이 먹으면 그만큼
시를 잘 쓰게 될 줄 알았다 그렇게
믿고 기다린 것, 패착이었다

사랑에는 여유가 생기고
이별에는 무심할 줄 알았다
역시 패착이었다

옛 애인들의 이름도 까먹는,
가능성을 소실하는 세월에 이르러
불멸의 사랑을 꿈꾸다니
시를 잘 쓰고 싶다는 생각을 하다니

노동만이 눈부신 겨울이 지고
가소로운 망상 위에 눈이 덮인다
한 사나흘 죽었다 깨어났으면 좋겠다

상사화

잊어버릴 만하면
가열차게 솟아오르던 그 꽃
삼복 지났는데도 보이지 않는다
연애의 때도 끝났는데
꽃을 기다리다니

나는
누군가의 상사화인 적 있었을까

고추밭에서

세상에 오직 하나
당신만이 해독할 수 있는
오로지 당신만이 주인인
당신만이 유일한 독자인
문장을 생각한다

가을볕 따가운 고추를 따면서
유언이어도 좋겠다 생각했다
그러나 그 문장
생각 밖에서 맴돌 뿐 아직
내게 오지 않았다

제
2
부

환청

딸에게 흙 굽는 법을 일러준
동갑내기 화백 민중기 선생이 쓰러졌다는
딸애의 문자를 받은 날의 새벽

누군가 문 두드리는 소리에 깼다
환청이었다

지독하게 가난했으나
지독하게 살지 못한 사람
퍼주는 것 좋아해
자기 것을 두지 않던 사람
끝내는 아내도 없던 사람

그가 빚은 주발에
나 아직 밥을 말고 술을 만다

벌떡, 그의 목소리를 들으러

무주로 가야겠다

함께

―권오영·신미영 선생

평생을 선생으로 살았던 부부는
당숲안길 초등학교 앞에 미음 자 집을 짓고
함께라 이름 붙였다
알 만한 사람은 다 아는 서각가 그가
재齋 헌軒 당堂 정亭도 아닌
한글 이름을 새긴 까닭, 알 듯 모를 듯 넉넉하다

비어가는 겨울 교정
제일 먼저 등교해서는
아이들 없는 녹슨 철봉 서리를 털고
어른들이 버린 사금파리를 줍는 사람
그의 등허리에 산골 햇살 소복하다

옛날 같았으면 이 집 아들이 반장이었을 것,
푸르고 아픈 기억 밀 싹처럼 밀어내며 빠히
운동장이 내다보이는 거실에서 막걸리를 마신다

아무래도 오늘은

잘 마른 참나무 불 지핀 나그네 방에서

옛 추억 함께 하룻밤 머물러야겠다

즐거운 오독

나 사는 동네에는
삼십 년 전이나 지금이나
머리 모양을 한 번도 바꾸지 않은 시인이 사는데,

넥타이를 잘 매지는 않지만 어딘지 모르게 날이 서 있어서
그가 꿈꾸는 이상국理想國이 궁금하기도 한,

그렇지만 남들이 안 보는 데서는
소똥 묻은 장화를 신고 시를 쓰거나
때늦은 연애편지를 읽다 때 묻은 팔소매로 쓰윽
소년처럼 눈물을 훔칠 것도 같은,

밭 가는 어미 소의 눈을 닮은 그런 시인이 사는데
그의 시 〈국수가 먹고 싶다〉*에 이런 구절이 있다

때로는 허름한 식당에서
어머니 같은 여자가 끓여주는

국수가 먹고 싶다

처음 이 시를 읽고 한참 동안이나
나도 알 것 같은 속초나 양양의 허름한 국수집들을
떠올려보기도 했고 무엇보다 내가 모르는
시인의 사생활이 궁금하기까지 했는데
이유인즉 이렇게 오독을 했기 때문이다

때로는 어머니 같은 식당에서
허름한 여자가 끓여주는
국수가 먹고 싶다

하여 나 언제 양양 장거리에서 국수를 먹다가
허름한 그 여자 얼굴에 자꾸 그를 겹쳐놓기도 했던 것이다

• 이상국 시인의 시

소가 뿔났다

휴대전화로 날아든 속보

'도축장서 소가 정육업자 등 공격… 1명 사망·1명 부상'

그리고 이어진 기사는 이렇다

27일 오전 4시 54분께 충남 서산시 팔봉면 한 도축장에서 소 한 마리가 A씨(77)와 B씨(67)를 들이받고 달아났다. 이 사고로 A씨가 숨지고 B씨가 다쳤다. 당시 정육업자인 A씨가 소를 도축장에 옮기는 과정에서 소가 갑자기 이들을 공격한 것으로 전해졌다. 소는 이어 도축장을 탈출, 현재 경찰과 소방 당국이 소를 찾는 한편 마을 방송으로 주민들에게 주의를 당부하고 있다. 경찰은 도축장 관계자 등을 상대로 도축장 안전 관리를 제대로 했는지 등을 조사하고 있다.

이것이 기사가 된 까닭은

드문 일이기 때문일까

소야 달아나라
멀리멀리 달아나라 소야

몸의 상상

오래 앓던 어금니를 빼기 위해
신발을 벗지 않는 긴 의자에 누웠다
의사는 견고한 펜치로 어금니를 빼고
그 자리에 임플란트 시술을 할 것이다

따끔해요, 볼때기 안쪽으로 선방이 들어온다
입 안이 마비되는 사이를 참지 못하고
마스크를 쓴 의사는 다른 환자에게 간다
땡, 1차 마취가 끝났다는 알람이다
따끔해요, 이번에는 잇몸이다
얼얼하다, 혀를 굴려보는데 조금씩 둔해진다
흥분한 건 아닌데 괜히 마른 침이 올라온다
마취 바늘은 몇 차례 더 위아래로 꽂혀온다
된 것 같아요, 둔하니 안심된다

고강도 금속 연장들이 부딪는 소리
섬세한 고음의 그라인더가

없는 치아를 사이에 두고 이쪽과 저쪽에 놓여 있던
금으로 된 다리를 절단하는 모양, 금가루가 떨어진다
강력 본드로 접착했었을 금 조각을 떼어내는지
날카로운 갈고리가 뭔가를 잡아당기는 느낌
줏대도 없이 자꾸 머리가 따라 일어선다

집게를 장착한 포클레인이 상한 어금니의 좌우를 문다
뻐근해요, 머리가 좌우상하로 따라 움직인다
힘쓰는 의사의 콧바람이 수술포를 뚫고 입 안으로 들어
온다
골든 브릿지 해체 작업과 발치는 끝난 모양이다
모래를 비벼 넣는 소리, 인공 뼛가루 삽입 중이다

그라인더보다 날카로운 고음의 드릴이 턱뼈로 내리 꽂
힌다
점차 소리가 완만해지는 걸 보니 조금씩 직경을 넓혀가는
중인가 보다

내 입이 그리 컸던가, 수술 장갑을 낀 손가락들이 통으로
들어온다
티타늄 나사를 돌려 끼우는 중이다
수고하셨습니다 꿰매겠습니다, 뻣뻣한 낚싯줄 같은 게 혀
에 만져진다

꽉 물어보세요, 두꺼운 거즈다
두 시간 물고 계시고 피는 삼키세요, 피를?
의자를 일으키고 파노라마 사진을 보니
나사산도 선명한 작은 못 두 개가
아래턱뼈에 가지런하다

어금니도 앞니도 모두 빠지고 없지만
수치심 따위 아랑곳 않는 늙은 개 민주를 생각했다

가을 망명

춘하추동이라 쓰니 하춘화 생각나고
봄여름가을겨울, 이렇게 쓰니 들국화 생각난다

가을비는 추적추적 내리고 그대가 보낸
편지들은 오롯이 젖고 있는데 통증은
자꾸 과거를 기억하는구나

변방엔 벌써 서리가 내렸다
친구여 절정은 이렇듯
적당히 잎을 떨굴 때 오는 거지
가자 무통의 나라로

풍치 앓는 밤이 불안하다

벌목

나무를 아끼는 사람이 선한 사람이라는데
한겨울 나의 주된 가사노동은 땔나무를 하는 일이다

지금까지는 주로 책이나 자전거에 욕심을 냈는데
산골에 집을 지으면서는 공구나 장작에 욕심을 내게 된다

남자 어른이 없던 초가 집안, 얼마나 부러웠던가
처마 끝까지 쌓아올린 외가 정지 뒤란의
흰 속살의 붉은 소나무 장작가리

현준 아범에게 엔진톱 쓰는 요령을 배우면서
배짱도 늘기 시작했는데 올 겨울
족히 스무 그루는 넘겼을 것이다

나무들이 내지르는 하얗게 눈부신 비명이
폐부를 찔러오는 밤의 반성
오는 봄에 나무를 심으면

나는 다시 선한 사람이 될 수 있을까

늙은 개

나에게로 와서 늙은 개 한 마리 있다

도시의 낯설고 후미진 골목을 배회하다가
어린 손주들 두고 황망히 길 떠난 엄니 대신 왔을까
딱 하루만, 단서를 달고 너는 우연처럼 왔다

딱 하루가 십오 년을 넘는 사이
이빨도 귀도 눈도 어두워진 늙은 개

안위를 걱정하는 나이가 되어
손으로 슬쩍 건드려야만 천천히 고개 들어
나 아직 살아 있다고 몸짓하는,
오직 후각 하나로 삶을 지탱하는 개

정치인을 욕할 때 개만도 못 한 놈이라 했던 말을 사과
한다
하여 턱을 어루만져주는 것은 어떤 헌사 같은 것

집을 비우는 아침마다 주문을 반복하게 하는 늙은 개
네 나이를 사람 나이로 환산하며 측은해 하지 않으리

나에게로 와서 함께 늙어가는 개 한 마리
나의 목덜미도 어루만져다오, 나 죽거든

닭, 슬픈 봄

아침마다 모이를 뿌려주고
목 축일 물을 갈아주는 대신
네가 낳은 봄을 빼앗고
삶거나 굽거나 튀긴 살을 바르면서
단 한 번도 너의 전생에 대해 생각한 적이 없었다는
미안함을 마주한다

너는 어떤 자유를 희망하는 새의 시조였을까
네가 날던 무한창공의 초원은 어디였을까

수탉 같기만 하다면야
일부다처가 대수겠냐는 생각이
목에 감기는 날

라단조로 피어 있는 진달래
슬픈 봄을 지운다

길꽃

이른 봄부터 늦은 가을까지
트랙터와 경운기와 쎄레스가
허리 굽은 농군들을 등에 지고
한숨으로 다지고
농약으로 죽이고
굉음으로 흔들었던 길, 그 길에
꽃이 핀다, 봄이라고
봄꽃이 핀다
꽃다지 냉이 씀바귀
투쟁이란 이런 것이라며
길꽃이 핀다

금니의 소유권

남의 살을 조금 더 암팡지게 씹기 위해
금으로 씌워 근근이 버텨오던 어금니를 빼고
티타늄 나사못 두 개를 박았다
두꺼운 거즈를 물려 말 할 수 없게 해놓고
의사와 간호사는 단호하게 말했다
최소한 한 달은 금연 금주해야 한다고
안다, 혹여 나사못이 턱뼈에 온전히 붙지 못할 경우
그 책임을 오롯이 환자에게 떠넘기기 위해
단서를 달아두는 것이라는 것쯤

속이 메스껍고 이유 없이 배도 아프다
위암의 전초 증상이 소화불량이라는데…
별 궁상을 다 떨다가 홈닥터 인터넷에 물어보니
금단 증세란다

통풍을 다스리기 위해 발효 중인 개다래술이라도 한잔
할까

그러기엔 돈 대주는 아내가 너무 무섭다

그나저나 내 돈 주고 씌웠던 금의 소유권은
어떻게 되는 걸까

속삭이는 자작나무 숲에 갔다

원대리 자작나무 숲에 다녀왔다고 썼더니
노래하는 시인 이지상이
자작나무 하면 시베리아죠, 댓글을 달았다
백두산 사스래나무를 본 게 전부인 나로선
시베리아 자작의 위용을 짐작만 할 뿐이어서
짧은 문장에도 살짝 주눅이 들기는 했는데

비싼 카메라를 멘 사람들 유난히 많고
히말라야에라도 오르겠다는 듯 알록달록
중무장의 중년들 연인처럼 다정들 한데,
부부 아니랄까봐 우리는
아내가 앞서거니 내가 앞서거니
일정한 거리를 유지한 채로 자작자작
눈길을 걸었다

자작나무는 왠지 겨울나무 같아서
다른 계절에 만났던 감회는 어디에도 없는데

거기 몸피보다 커다란 명찰을 단,

거친 수피의 한 그루 물박달을 보면서 나는 왜

이주 노동자를 떠올렸던 것일까, 숲을 만든 이야

자작나무와 물박달을 분별하는 법이라도 배워

내려가라고 그리 했겠지만

물박달의 입장에서 본다면야 얼마나 가혹한 일이겠는가

환호작약을 뒤로하고 하산하는 길,

탱탱하게 부푼 알몸 자작의 기억은 금세 사라지고

초라한 물박달 한 그루의 잔상만 또렷이

서서히 세상으로 미끄러지는데, 그대

자작나무 숲에 가려거든 떼로 가지 말고

타박타박 혼자서 갈 일이다, 그대 혹여

자작나무 숲에 들거든

자작만 보지 말고 물박달도 한 번 어루만질 일이다

똥 푸는 날

누구는 고갯마루 넘다가
급하게 눈 똥도 아까워 거름한다며
싸들고 왔다는데
이젠 똥 먹는 개도 없고
똥지게 질 일도 없어서 돈을 주고
똥을 치워야 하는데
출근 시간 다 돼 가는데 똥차는 오지 않는다

십 년 단골 그네는 정화조 부부
아내가 먼저 내려
장화만 한 장갑 낀 손을 흔들어
좁은 마당으로 똥차의 후진을 유도하고
남편이 정화 세팅을 하는 동안 아내는
주먹만 한 망치를 들어 무쇠 정화조 뚜껑을
뱅뱅 돌아가며 탕탕 내려치고
한발 늦게 차에서 내린 남편이
헐거워진 뚜껑을 달랑 들어내고

웽웽 소리 나는 흡입구를 정화조 안에 꽂으면
흐릅흐릅 맛있게 똥들이 빨려 들어가는 소리
손발 척척 맞는 거 보니 부부 싸움은 안 하겠지 싶다

그러나저러나 나 아직 다른 집 마당에
똥차 들고나는 것 본 적 없는데 그렇다면
그 많은 똥들은 다 어디로 갔을까, 서울로 갔나 국회로
갔나
똥 먹는 개도 없고 개들 좋아하는 애기 똥도 없는 산골

냄새도 한 방울 흘리지 않는 완벽한 아침
오늘은 우리 집 똥 푸는 날
정화조 부부 다녀가는 날

할머니 칼국수

국수를 먹어야지 생각하니
마음이 넉넉해지고 괜히
기분이 좋아진다

여기 칼국수 두 개요,
주문을 하고 나니 속이 따뜻해지면서
엄마의 두리반 앞에 엎드린 내가 보인다

첫눈이라도 오실 것 같은 날
가난했던 엄마를 만나러,
간이 조금씩 세지는
할머니 칼국수 먹으러 간다

제
3
부

눈물점

언제 생겼는지 모르는
왼쪽 눈 밑 점 하나가
서리태 반쪽만큼 커졌는데
눈물 부쩍 많아진 게 점 때문이라며
덜컥 예약을 잡아 놨다 아내는

시내 병원에서는
개당 만 원이라는 얘기도 있고
열 개 이상이면 한 개를 덤으로 빼 준다는
얘기가 돌기도 하는데

서울에서 의료사고를 냈다느니
여자관계를 정리하고 낙향했다느니
엉큼한 소문 분분한 시골 병원에
한 판에 십만 원, 점을 빼러 갔다

흰 가운에 마스크를 해서 얼굴은 볼 수 없는데

소똥을 치다 나왔나 누비 솜바지에 털 고무신
어떤 생각을 해야 내 얼굴이 불안을 극복할까

진료실에서는 채석장 돌 깨는 소리 같은 것도 들리고
얕은 신음 소리도 들리는데
새 장가를 들 것도 아닌 나이에 이 무슨

점 빼고 돌아온 날
누더기가 된 나이를 보며
나 또 울었다

엄마의 봄

아카시아 꽃 핀다

꽃 피어도 시큰둥했던 이유
엄마의 부재다

꽃은
그 해의 봄과 여름 사이에서처럼
하얗게 피어오르지만
엄마의 봄은 다시 오지 않고
다만 어머니의 봄이 왔다

제삿밥이라도 고봉으로 먹으라고
월급날에 돌아가신
열일곱 살 엄마의 봄

아카시아 꽃에서
엄마 냄새 난다

저무는 풍경

저무는 풍경이 숙연하다

어떤 날은 가까운 산이 먼저 저물고
어떤 날은 먼데 산이 먼저 숨는다
마음 때문인가 하여 여기저기 들춰보지만
아닌 것 같다

새해 일출을 보겠다며 태백산
천제단에 오르던 다짐을 생각하니
언젯적 일인가 싶다

객지살이 자식들은
오늘도 무소식이다

돌탑을 쌓다

인북천 맑은 냇가에서
어머니 닮은 돌들 들어와
너른 마당에 탑을 쌓는다
어머니에게 마당은 어떤 전망이었을까

탑이란
모름지기 기단이 튼튼해야 하는 법
혼자서는 들기 버거운 돌들 바닥에 누이고
고만고만한 돌들 사이에
작은 공깃돌 괴어
보기에는 위태롭지만 잘 넘어지지는 않는
키 작은 돌탑을 쌓는다
우리 형제는 넷인가 다섯인가

돌탑을 쌓는 것은 없는 어머니를
마당으로 불러오는 일
그런데 이 나이를 살고도

왜 자꾸 뾰족한 무엇인가를 맨 꼭대기에

올리고 싶은 걸까

울 엄니 골프하시나

대관령 아래 진부 송정에
숫돌 대신 휘발유통 들고 벌초하러 간다

생전에도 산나물 꺾어 생계를 키우시더니
무덤 가득 고사리 잘도 키워 놓으셨다

예초기 칼날에 풀들은 맥없이 나자빠지고
봉두난발 울 엄니도 말끔해지셨는데
어라, 여기저기 골프공 새알처럼 박혀 있다

그럴 리가 없다
울 엄니가 낫질 하나는 잘 하셨지만,
바느질에 뜨개질에 다듬이질에 도리깨질에
못하는 것 없으셨지만, 그럴 리가 없다
황금송 울울한 숲속에서 아들도 못하는 골프라니

그러니 고향 사람들아

애먼 울 엄니 마빡에 혹 나신다
명절에 모였다고 힘 자랑 마라
형제간에 돈 자랑 마라

아내의 외도

비행기를 타고
낯선 나라로 여행하는 걸
썩 좋아하지 않는다고 말한 적 있지만
그렇더라도 아내는 너무 자주 나를 버린다
함께 버려진 개 고양이 닭들과
모이를 나누어 먹으며 빈자리를 견디기는 하지만
찬물에 밥을 말기엔 산골 겨울이 너무 춥다

잘 다녀오라고
집채만 한 가방을 실어다주고 돌아서면
나는 연기 오르지 않는 겨울 굴뚝,
얼마나 깊이 길들여진 걸까

외도에서 돌아오는 날 말하리라
예전처럼 그렇게 라면을 좋아하지 않는다고

아버지·1

두 아이의 아버지가 되도록 나는
한 번도 아버지를 가져 본 적 없다 그러니
아버지, 하고 입을 벌려 소리를 내 본 적도 없다
상상 속의 아버지는 인자하고 온화하고,
지천명에 씨앗 하나 뿌렸으니 능력 있고
씨앗만 뿌렸을 뿐 나 몰라라
그길로 가버렸으니 무능하고

자식은 아비의 꿈을 물려받는다는데
망치질을 하다 불현듯 든 생각,
아버지의 꿈은 무엇이었을까

아버지·2

아들은 음악 노동자가 되었고
딸은 외국인 노동자가 되었다 그리고 나는
더디지만 아빠에서 아버지로 진화 중이다

애들이 아빠 닮았네요,라는 말을 들어본 적 없는 아비로서
엄마를 쏙 뺐네요 라는 말은
새끼를 겉을 낳지 속을 낳냐, 하시던
엄니의 말로 되살아나 적당한 위로를 주긴 하지만
애들이 나를 닮지 않았다는 세간의 인물평은
다행이다 싶다가도 들을수록 섭섭한 건 사실이다
그랬더니

그래도 눈은 당신 닮았잖아,
자세히 보면 활처럼 휘어진 발가락도 닮았고
어디 그뿐인가 성질머리 더러운 것도 어쩜
까칠한 성정에 두주불사 말술은 또 어떻고…

그래 내가 너희들 아버지다

추석

아들이 왔다
하루 늦게 딸이 왔다
비로소 명절이 완성되었다

제
4
부

진부령

어쩌다 관광으로나 넘던 고개를
밥벌이로 넘나들게 되었다
때론 자동차로 때론 자전거로

동과 서는 언제나 다른 체제를 고수하고
정상 근처 아주 적은 부분만을 서로가 공유한다

서에서 아침을 먹고
동에서 점심을 먹고
다시 서에서 저녁을 먹으면서야 알게 되었으니
그 간의 관광은 그저 주마간산이었던 셈,
편안한 길이란 세상에 없다

우리나라 아름다운 자동차길 10경 중 하나라는,
자동차를 타고 관통할 수 있는 유일한 원시림이라는 이 길
새로운 인류 중딩사피엔스를 만나러 가는 아침에는
눈에 들어오지 않는다 열일곱 살 고물 자동차도

속수무책으로 불편하다

위로 뻗은 화살표만 없다면
똥이라도 한 바가지 누고 가라는 듯한 꼬불꼬불 표지판
을 따라
오늘도 고개를 넘는다 진부한 삶의 또 한 고비

학주

백두대간 병풍 아래 산다

보이지는 않지만 휘적휘적 나가보면
철조망에 가로막힌 바다가 있는 마을에서 나는
음악 선생님도 아니고 권혁소 선생님도 아닌 그냥 학주다
체육대회나 소풍날에는 더러 학주 쌤이나 혁소 쌤이 되기
도 하지만
나의 등장에 아이들은 야야 학주 떴다, 동네방네 까발린다
그도 그럴 것이 내 눈은 점점 도다리나 가자미를 닮아
왼편 것은 잘 보지 못하게 되었는데 이 모두
애들 탓이라고만 한다 나는
존나 짜증나는 존재이며 재수가 없기도 하고
더러는 한판 붙어 볼까의 대상이기도 하다

애 하나 키우는 데는 온 마을이 필요하다지만
애 하나 조지는 데는 학주 하나면 충분하다

* 학주 : 옛 명칭인 '학생주임'을 줄여서 부르는 말

담배

학생 때는 숨거나 쫓기며 피웠지만
당연하다 생각했다

선생이 되고
그만 둘 만한 세월인 지금
급기야는 울타리 밖으로 쫓겨났다

담쟁이 넝쿨 아래서
쥐똥나무 같은 것들과 끽연을 하다보면
이 박약한 인간아 그것도 하나 못 끊냐,
직박구리의 비난이 정수리로 쏟아지는 것 같아
살짝 억울하다

교내 흡연 학생에 대한 처벌의 전제조건은
절대금연구역에서의 흡연에 따른 과태료 징구가 먼저
그러니 어찌 벌을 주겠는가

어쨌거나 저쨌거나
학창 시절이 훨씬 근사했다

원통 장날

노동조합 하느라 들락거리긴 했지만
산골에 내려와 선생 한 지 십 수 년
첫해에 만난 애들은 어언 서른 가깝다

우리 동네는 2·7장, 어쩌다 주말과 겹치는 날에는
어머니가 데려가주지 않던 유년의 기억 함께
옆자리에 아내를 태우고 원통 장에 간다

톱밥이나 개털이 묻은, 일하던 차림으로 나설라치면
애들 보면 어쩌려고, 아내의 지청구에
그게 그거지만 외출복으로 갈아입고 원통 장에 간다

어떤 녀석은 고기 썰던 피 묻은 장갑을 벗고 인사를 건
네고
중사 계급장을 단 또 어떤 녀석은 황급히 여친의 팔짱을
풀며
거수경례를 올려 부치기도 한다

기억에는 없는데 반가이 인사를 하는 아이가 있는가하면
이름도 선명한데 외면하는 아이도 있다 그럴 땐
얼굴이 화끈거리는 게 어디 쥐구멍에라도 들고 싶다
한다고는 했지만 진정한 울타리였던 적 있었던가

그런데 저기,
빨간 보온 커피 통이 보이는 쟁반을 받쳐 들고
오동통 바쁘게 걸어가는 저 여자
춘천 어디쯤에서 가르쳤던 종란인가 금란인가,
육림고개 방석집 어름에서 아버지가
역술원을 하던 그 아이가 분명한데
그 애도 나도 황황히 고개를 돌린다

국밥집에 들어가 소주를 말았다

시집가

6년 동안 유도를 하다가
운동을 그만 두는 조건으로
학기 중 전학을 택한 1학년 민우가
배드민턴을 치는 동아리 시간에 물었다

선생님, 시집가예요?
시집가라니, 뭔 말?
도서관에서 봤어요.
아, 시집을 봤다고?
네, 선생님 시집가죠?

소설을 쓰니까 소설가
시집을 내니까 시집가

민우 덕분에 집 한 채 얻었다

生死

화장실 문짝 높은 곳에 너는
생사, 가로 획이 하나 빠진
한자 낙서를 남겼다
의자에 올라 썼을 리 없다면
남보다 머리 하나는 더 있을 터
生보다 복잡한 死를 바로 쓴 걸 보면
生을 모르지 않을 텐데
하필이면 生 자의 획을 빠뜨렸을까

교정의 낙엽도 몇 잎 남지 않았는데
모르겠다 도통 모르겠다 선생 30년
죄 많아 화장실에서도 반성을 한다

중학교 선생

백창우의 동요 '내 자지'를
너무 무겁게 가르쳤다고
학부모들에게 고발당했다

늙어서까지 젖을 빠는 건 사내들이 유일하다고
떠도는 진실을 우습게 희롱했다가
여교사들에게 고발당했다

아파트 계단에서 담배 피고 오줌 쌌다는 주민 신고 받고
홧김에 장구채 휘둘렀다가
애한테 고발당했다

자지는 성기로 고쳐 부르겠다
젖 같은 얘긴 하지 않겠지만 만약 하게 될 일이 있다면
사람이나 포유동물에게서 분비되는,
새끼의 먹이가 되는 뿌연 빛깔의 액체로 고쳐 말하겠다
그리고 애들 문제는 경찰에 직접 맡기겠다

잘 있어라 나는 간다
수목한계선에 있는 학교여

다시 야자

30년 전에
야간자율학습에 대한 시를 썼다
다시 읽어보니 불쌍한 시절이었다
그 애들 지금 40대
야자에서 돌아올 새끼를 기다리는 엄마가 되었다

30년 지난 오늘
자기주도적학습으로 이름만 바뀐
야자 감독을 하면서
봄밤을 죽이기 위해 낙서를 한다
아무리 생각해도 너도 나도 안 됐다
참 안 됐다

하모니카라도 한 곡 불어주면 힘이 날까
주머니에 찔러 왔는데
그건 또 아니지 싶다 아무튼
30년 전이나 지금이나

야자의 밤은 우울하게도 길다

애들아, 우리 파업이나 한 번 하자

어떤 자존심

국민학교 산수 시간
칠판 가득 하얗게 문제를 낸 선생님이
회초리를 든 손으로 누구를 시킬까 둘러볼 때
예습이라도 해간 날에는 고개를 세웠지만
아닌 날에는 그 눈초리 얼마나 피하고 싶었던가

다섯 명이 한 줄로 서서
땀나는 손가락으로 칠판에 얼룩을 만들 때
뒤통수로 날아드는 동무들의 훈수는
도대체 알아들을 수가 없는데 그 때 힐끗,
한 번만 뒤를 돌아봤어도 그 회초리
피할 수 있었는데, 그놈의 자존심 때문에

음악 선생이 되어
고등학교 입시에 단골로 출제되던,
어렵기로 이름 난 증4도 감5도 음정 문제 만들어 놓고
회초리보다 단단한 미제 드럼 스틱으로

너, 너, 너 나와, 아이들 불러 세웠는데

오선 칠판 앞에 선 아이들은 연신 뒤를 돌아보고
자리에 앉은 아이들은 또한 연신 훈수를 두는데
어떻게든 답이라고 쓴 아이들 다 자리에 들어가도록
미자 그 애, 요지부동으로 혼자 싸우고 있다
그놈의 자존심 때문에

태백에서 만난 그 애 특수교사가 되어
안양 어디에서 절룩이는 아이들과 걸음걸이를 나누고 있
다는데
'세월호 진상을 규명하라'는 청와대 요구서에 서명했다가
나란히 검찰로부터 출석 요구서를 받는 동지가 되었다
자존심 때문이 아니라 내 탓인 것만 같아서
위로 전화도 격려 문자도 한 통 보내지 못했다

영희의 첫사랑

첫사랑이었노라,
탄광촌 저편에서 보낸
삼십 년 전 계집아이의
고백 문자를 받는다

선생들이 바람이 잘 나는 건
옮겨가는 학교마다 새로운 사랑을
뿌리기 때문에 어쩌면 숙명,이라던
잘생긴 이 선생의 변명으로 생각나는데
색 바랜 일기장과 교무수첩을 아무리 뒤적여도
그 애의 얼굴과 이름과 목소리는
복원되지 않는다

찢어지게 가난해서 고등학교도 갈 수 없던 아이들을
부산이나 대구 근방의 산업체 학교로 팔고 나면
운동화나 추리닝을 한 보따리씩 보내주던 시절,
낮에는 신발 밑창에 본드 칠을 하고

밤에는 시린 눈으로 책을 읽었다는,
그 이름을 되살리지 못하다니

첫사랑만 앓다가 처음 만난 사내랑
살다보니 딸 아들 낳고 이제야
전화번호라도 알게 되어 용기를 냈다는,
성공하려면 이름부터 바꾸라는 스님 말 따라
영희라는 이름 버렸으니 새 이름으로 불러달라는

그 애가 버리고 싶었던 것은 혹여
팔려가던 열여섯의 기억은 아닐까
첫사랑도 기억 못 하는 선생에 대한
절교 선언은 아닐까

누군가의 첫사랑이 된다는 것이 영영
불가능이 되어 버린 세월, 나는
나는 영희의 첫사랑이었다

나도 한때는 요즘 애들이었다

권 선생, 잊지 말게
그대도 한때 교복 단추 한두 개쯤 풀어놓고
검은 운동화 꺾어 신던 요즘 애들이었네

교납금 미납으로 학교에서 쫓겨나
울 엄마가 가난하지 내가 가난해, 씨발
까닭 모를 질문 세상에 게워내던
빡빡머리였다는 사실, 잊지 말게

그대도 한때는 무서운 요즘 애들이었네
잊지 말게, 요즘 애들이 커서 끝내는
광장이 된다는 사실
나라가 된다는 진실

노안

안경을 쓰고서야 먼 데 칠판
글씨를 읽던 때가 있었는가 하면
이마 위로 벗어 올리고서야 한 줄
책이라도 읽는 세월이 있다
써야만 보이던 세상을
벗고서야 읽게 되었으니
안경을 탓할 일만은 아닌 듯하다
어디 안경뿐이겠는가
여기저기 낡은 뼈들의 아우성으로
뒤척이는 밤들이 늘어나고 있으니
풀 한 포기 딱정벌레 한 마리도
허투루 대할 일이 아니다

풍뎅이

학교 옥상 우레탄 바닥에
제 날던 하늘을 향해 등을 대고 누워
발버둥치는 곤충 한 마리, 이름을 모르니 그냥
풍뎅이라고 하자

다리가 여섯 개씩 돼도 뒤집힐 때가 있고
튼튼한 날개를 가졌다 해도
혼자 힘으로는 일어날 수 없을 때가 있는 모양이다

쪼그려 앉아 들여다보니
여섯 개의 다리 모두 제각각 허공을 휘젓는다
살짝 들어 바로 앉혀줬는데
이내 날아가지 않고 앞다리를 몇 번 주억거리다
피융, 풍경 같은 하늘로 사라진다

잠시 멈칫거리다 날아오르는 풍뎅이의 비행
저렇게 잘 날면서 왜 머뭇거렸지? 인간에 대한 예의였나?

넘겨짚어 보는 건 아무래도 내가 그것을
선행이라고 생각하기 때문 같다

동냥 바구니는 그냥 지나쳤으면서
고공농성장, 노동자의 하늘은 외면했으면서

선생하다 늙었다

우리 교무실에는 모두 일곱이 사는데
신 선생과 나를 빼곤 모두
어여쁜 삼십대다

어제는 학기말고사 첫째 날, 보통은
조퇴를 달거나 외출을 쓰고 함께
가벼운 산행을 하거나 미시령을 넘어
밀린 영화를 보러 가기도 하는데

답안지 정리를 하고 돌아와 보니
칼로 도려낸 것처럼 젊은 선생 다섯이
그렇다, 사라지고 없다

선생 하다 늙은 둘이서 듬성듬성한 머릴 쳐다보며
주름진 막국수를 먹으러 가는데 하필이면 오늘따라
단골집도 임시휴업 빨간 푯말을 내걸었다

우리도 손을 놓을 때가 된 모양,

이런 날이 더 많아지지 않겠냐며 허허 웃는데

웃어도 웃는 게 아닌 것 같았다 유행가처럼

삼십 년 전에는 나도 총각 선생,

쓸데없는 말들만 복수처럼 피어나는 오후였다

제
5
부

니 똥 굵다

주둥이를 피해 산골로 왔는데 여기도
주둥이는 난무한다

강변 축제를 준비하는
구미동의 겨울 누구는
땔나무를 자르고
솥단지를 걸고
국밥을 퍼 나르고
눈물 질금거리며 화톳불을 피우는데
젖은 나무를 잘랐다고
무쇠솥이 아니라고
남들 눈도 있는데 돼지 뼈가 뭐냐고
연기가 너무 난다고
구두코에 내린 재를 바지춤에 닦는
주둥이, 여기도 있다

우리는 1번에 도장 찍는 기표기가 아닌데

누가 불렀나 저들 1번 군수, 1번 부의장, 1번 도의원, 1번
군의원
소개하는 주둥이와 소개받은 주둥이가
번갈아 마이크를 잡는다, 그래
니 똥 굵다 엄청 굵다

팽이치기, 제기차기, 썰매 이어달리기
국밥 말아 어르신들 대접하고
잔치 마당 정리하는데

어디로 갔나, 똥 굵은 주둥이들

왼쪽에 대한 편견

오십 년도 넘게 살았는데 아직
왼손으로 팽이를 깎아 세워보지 못했다

나무를 오를 때도
자전거에서 내릴 때도 오른발이 먼저였다
침 발라 책장을 넘겼으며
중요한 문장에 밑줄을 그었으며
시를 썼으며 반성문을 썼다
모두 오른손이 한 일들이다
왼손잡이에게도 오른손을 내밀어 악수를 청했으며
심지어는 왼손잡이가 따라주는 술잔을
불쾌해하기까지 했으니

왼손이 한 일도 있기는 있다
풀을 벨 때 그 모가지를 그러쥐는 일
면도를 할 때 따귀를 팽팽히 잡아당기는 일
넘겨진 책장을 가만 붙들고 있는 일

양치용 컵을 드는 일
아이들 종아리를 때릴 때 바짓가랑이를 잡는 일
그 중 압권은 엉겁결에 거수경례를 올려 부쳤다가
군기 운운, 죽지 않을 만큼 얻어터진 일이겠다

쓰기는 오른쪽을 더 많이 썼는데
망가지기는 왼쪽이 더 빨리 망가졌다
없으면 이내 병신이 되는 몸, 무슨 까닭인지
요즘은 왼쪽으로 누워 자는 것이 훨씬 편하다

영화 지슬

제주말로
감자를 지슬이라 부른다는 것
처음 알았다

수많은 순덕이들이 누워
오름이 되고 올레가 되고 한라가 되었다는 것
또한 처음 알았다, 가슴으로

역사를 단죄하기 위해
역사는
언제나
증인 하나쯤
꼭 남긴다

아미도

새만금 방조제를 따라 부안으로 가다가
아미도를 아마도로 잘못 읽는다
아미도, 네가 섬이었던 과거를 상기한다

이 바다를 막아 땅을 만든다 해도
원래도 땅이 없는 영혼들은 여전히 섬인데

배를 타야만 가던 길을
자전거로 달리며 생각한다
생각하며 욕한다
이 나라 대통령들은 왜 하나같이
바다나 강에 자신들의 이름을 새기고 싶어 하는 것이냐고
로드킬 당한 갈매기 형제들도
그렇게 욕하고 있었을 것이다
아마도

다시 봄

산중에도
봄꽃 몇몇
연애처럼 오신다

와야 할 아이들은
아직 소식 없는데
소식보다 먼저
수선水仙이 오셨다

땅속에서 솟아날까
매화는 고개를 숙였고
하늘에서 내려올까
참꽃은 목을 세웠다

얘들아
곤줄박이도 굴뚝새도 분주한 봄
너희들은 어느 바다에서

이 계절을 느끼고 있는 거니

다시 그 해의 봄이다

정선에 가기 위하여

정선 단임골 고라댕이에 사는
소설 쓰는 유목민 강기희가
정선과 관련된 시 한 편 만들어서
아리랑 문학 축전 무대에서 읽어주면
곤드레술 한잔 낸다는데, 그러면서 토를 다는데
묵은 시 말고 근작시를 보내달란다

정선,
미탄 지나 비행기재를 넘은 적 있다
숙암천 따라 조양강까지 여울진 적 있다
두문동재 기어올라 고한 사북, 쇄재를 넘기도 했다
예미 자미원 별어곡, 어여쁜 이름들을 생각하다
백봉령에서 헤매기도 했다
동서남북 사방으로 난 길 위로 정선,
너를 만나러 간 적 있다

어디 그 뿐인가

싱싱한 어깨들 고한 성당에 모여 혁명을 도모한 적 있
으며
화동중학교 바람 찬 아내의 관사에서
종유석 자라는 양은 주전자를 철 수세미로 닦은 적 있고
아이들 없는 빈 교정에서 절망의 겨울을 만난 적 있다
화암팔경에 한눈팔다 몰운대에서 죽을 고비를 넘긴 적
있으며

가수리 뼝대에서는 동강댐 반대 투쟁의 처절한 구호를
만났으며
없어진 연포 분교를 찾아가다가는 하루해를 줄 배에 띄
워 보낸 적도 있으니
이 정도면 술 한잔 그냥 안 되겠는가

그러나 저러나 친구여
몰운대 그 노송들은 여적지 정정하신가
광대곡 그 물빛 시방도 누군가의 심장을 적시고 있는가

가리왕산 원시림의 한 맺힌 비명을 누군가는 다독이고 있
는가

정선에 가기 위해 생각한다, 생각하며 쓴다
광부들 동발 지던 기울어진 어깨를 밟고 슬롯머신만 쌩
쌩한 건 아닌지
화전민들 백골 분멸한 자리에 오일장 꽹과리만 요란한 건
아닌지
빨치산들 스러져간 길 위로 관광열차만 맹랑한 건 아닌지

어떤 중심

읍내 주점에서 술을 마시다 잠시 밖으로 나와
길가 의자에 앉아 담배를 피는데
자꾸 앞으로 넘어진다
술 탓인가 몇 번이고 자세를 고쳐 앉지만
여전히 몸 전체가 왼쪽으로 쏟아진다
몽롱히 살펴보니 왼쪽 다리 하나가 없는 의자,
왼 다리에 힘을 주고 버티니 비로소
다리 네 개의 의자가 된다

왼 다리가 내 몸의 중심이었다니

바람의 속내

일 년에 한 번은
질풍노도의 아이들 줄 세워 섬으로 간다

해설사 설명 끝자락에 아이들 묶어 보내고
시간 부족으로 늘 허둥대던 것 아쉬워
혼자 남아 각명비원*으로 간다, 거기
바람 많고 돌 많고 여자가 많다지만
내딛는 발걸음마다 까마귀 난다

왜 이 하늘에만 까마귀 나는 걸까
엽신을 띄워보지만 뭍에서는 답이 없고 다시
바람에게 물어보는 서늘한 말,
저 까마귀들 4월 하늘에 띄워 올리는
그대의 속내는 무엇이냐

언제쯤에나 각명비원 까마귀들의 언어
온전히 해독할 수 있을까

• 각명비원 : 희생자의 성명, 성별, 당시 연령 등을 마을별로 기록한 '제주4·3평화기념관'
의 야외 추모 공간.

동백을 줍다

내 친구 이원규는 보길도에서 동백꽃을 주웠다는데 나는
4·3 항쟁 70주년 전국문학인대회를 하러 제주에 가서,
혼령들 아직 눈 뜨지 않은 서늘하고 어둑어둑한 시간에
시멘트 바닥에 떨어진 동백 한 송이 주웠네
작년의 그 까마귀 날고 있었고 작은 새들 몇 마리
분주하게 아침을 부르고 있었네

꽃을 들어 왼 손바닥에 올렸네
촉촉하고 서늘한, 죽은 새를 만지던
어릴 적 그 느낌이었네 혼령 떠난
어떤 시신을 떠받치는 무게였네

꽃들도 죽으면서 영과 육을 분리하는구나,
동백을 주워보고서야 알았네
제 그늘 아래 사뿐 내려놓았네

거짓말

알면서도 눈 감는 말
가을에 농사 지어 갚을게

안다
그대가 더 아파한다는 걸

우리들의 경전

— 한강시원제에 부침

우통수가 한강의 시원이라면
우통수의 시원은 사월 바다의 눈물일까

냇물아 흘러흘러 어디로 가니
강물아 흘러흘러 어디로 가니 함께 부르며
솔 껍질에 돛대를 달아
강에 띄우던 시절이 있었다
고만고만한 강의 둔덕에서 미역을 감다가
콩이나 감자를 구우며
파리해진 입술을 녹이던 유년이 있었다
댐이 없었지만 우리는 살았다

이 강은 본래 약수가 흐르던 강
아우라지 가수리 양수리를 지나
난바다에 이르던 생명의 강
서울을 키운 것도 나라를 지킨 것도
온몸에 멍이 들며 묵묵히 흘러 준

말 없는 강이었느니

강의 숨통을 조이는 일을 업적으로 남기는 이들은
제 아비의 목을 매다는 일도 대수롭지 않게 여기는 이들
일 터
나는 안다 누가 이 강의 목에 오라를 걸었는지
나는 안다 누가 이 강의 얼굴에 검은 두건을 씌웠는지
나는 안다 누가 지금 이 강의 경추를 부러뜨리고 있는지
만산홍엽 금수강산을 참수하고 있는지

노래하지 않는 강은 더 이상 살림의 강이 아니라고
사월의 바다가 성난 파도로 절규한다
물의 속살을 돌려주어야 한다고
노란 리본으로 증언한다

우통수는 한강의 시원
오라를 끊고 두건을 벗기는 일이

우통수의 참 시원이 되는 길이리니
해창뻘 솟대에게
목 잘려 쓰러진 가리왕산 주목에게
이포보 여주보에 갇혀 죽어가는 물들에게
그들의 바람 그들의 속삭임을 돌려주어야 한다
죽임의 강에서 살림의 바다로 흐르게 해야 한다
그것이 지금 우리들의 경전이어야 한다

껍데기의 나라를 떠나는 너희들에게

— 세월호 참사 희생자에게 바침

어쩌면 너희들은
실종 27일, 머리와 눈에 최루탄이 박힌 채 수장되었다가
처참한 시신으로 마산 중앙부두에 떠오른
열일곱 김주열인지도 몰라
이승만 정권이 저지른 일이었다

어쩌면 너희들은
치안본부 대공수사단 남영동 분실에서
머리채를 잡혀 어떤 저항도 할 수 없이
욕조 물고문으로 죽어간 박종철인지도 몰라
전두환 정권이 저지른 일이었다

너희들 아버지와 그 아버지의 고향은
쥐라기 공룡들이 살았던 태백이나 정선 어디
탄광 노동자였던 단란한 너희 가족을
도시 공단의 노동자로 내몬 것은
석탄산업합리화를 앞세운 노태우 정권이었다

나는 그때 꼭 지금 너희들의 나이였던 엄마 아빠와 함께
늘어가는 친구들의 빈자리를 아프게 바라보며
탄가루 날리는 교정에서 4월의 노래를 불렀다
꽃은 피고 있었지만 우울하고 쓸쓸한 날들이었다

여객선 운행 나이를 서른 살로 연장하여
일본에서 청춘을 보낸 낡은 배를 사도록 하고
영세 선박회사와 소규모 어선을 보호한다는 명목으로
엉터리 안전 점검에 대기업들이 묻어가도록 하고
4대강 물장난으로 강산을 죽인 것은 이명박 정권이었다

차마 목놓아 부를 수도 없는 사랑하는 아이들아

너희들이 강남에 사는 부모를 뒀어도 이렇게 구조가 더뎠
을까
너희들 중 누군가가 정승집 아들이거나 딸이었어도

제발 좀 살려달라는 목멘 호소를 종북이라 했을까
먹지도 자지도 못하고 절규하는 엄마를 전문 시위꾼이라
했을까

집권 여당의 국회의원들이 막말 배틀을 하는 나라
너희들의 삶과 죽음을 단지 기념사진으로나 남기는 나라
아니다, 이미 국가가 아니다
팔걸이의자에 앉아
왕사발라면을 아가리에 처넣는 자가 교육부 장관인 나라
계란도 안 넣은 라면을 먹었다며 안타까워하는 자가
이 나라 조타실의 대변인인 나라
아니다, 너희들을 주인공으로 받드는 그런 국가가 아니다
그러니 이것은 박근혜 정부의 무능에 의한 타살이다
이윤만이 미덕인 자본과 공권력에 의한 협살이다

너희들이 제주를 향해 떠나던 날
이 나라 국가정보원장과 대통령은

간첩 조작 사건에 대해 국민에게 사과했다
머리를 조아렸다, 얼마나 자존심이 상했을까, 그래서였나
그래서 세월호의 파이를 이리 키우고 싶었던 걸까
아아, 미안하다 정말 미안하다
이제 막 피어나는 4월의 봄꽃들아

너희들의 열일곱 해는 단 한 번도 천국인 적이 없었구나
야자에 보충에 학원에, 바위처럼 무거운 삶이었구나
3박 4일 학교를 벗어나는 것만으로도
세상을 다 가진 것처럼 흥분했었을 아이들아
선생님 몰래 신발에 치약을 짜 넣거나
잠든 친구의 얼굴에 우스운 낙서를 하고 베개 싸움을 하
다가
선생님 잠이 안 와요, 삼십 분만 더 놀다 자면 안 돼요
어여쁜 얼굴로 칭얼거리며 열일곱 봄 추억을 만들었을
사랑하는 우리의 아이들아
너희들 마지막 희망의 문자를 가슴에 새긴다

학생증을 움켜쥔 그 멍든 손가락을 심장에 심는다

이제 모래 위에 지은 나라를 떠나는 아이들아
거기엔 춥고 어두운 바다도 없을 거야
거기엔 엎드려 잔다고 야단치는 선생님도 없을 거야
거기엔 네 성적에 잠이 오냐고 호통치는 대학도 없을 거야
거기엔 입시도 야자도 보충도 없을 거야
거기엔 채증에는 민첩하나 구조에는 서툰 경찰도 없을
거야
거기엔 구조보다 문책을, 사과보다 호통을 우선하는 대
통령도 없을 거야
어여쁜 너희들이 서둘러 길 떠나는 거기는
거기는 하루, 한 달, 아니 일생이 골든타임인 그런 나라일
거야

따뜻한 가슴으로 꼭 한 번
안아주고 싶었던 사랑하는 아이들아

껍데기뿐인 이 나라를 떠나는 아이들아

미안하고 또 미안하다

눈물만이 우리들의 마지막 인사여서 참말 미안하다

우리 다시 만날 때까지 부디 안녕

눈에 보이지 않는 사랑과 시를 위하여

이민호 • 시인, 문학평론가

1. 이어지는 증여贈與의 시 쓰기

권혁소의 일곱 번째 시집을 대하며 시인이 시 쓰는 일이야 응당 당연한데도 지칠 줄 모르고 시를 생산해 내는 저력에 경의를 표한다. 물론 미당은 살아생전 2천 편이 넘는 시를 세상에 흩뿌렸고 지금도 구설에 오르고 있는 데 비하면 35년 남짓한 그의 시력을 볼 때 소박한 시의 행로라 할 수 있다. 그러면서도 나남을 가리지 않고 살아서도 죽어서도 떼놓지 못하는 시의 끈은 무엇인지 자못 궁금하다.

돌이켜 보면 권혁소의 여섯 번째 시집 『아내의 수사법』에 대해 '증여贈與의 시학'을 담았다고 풀었던 기억이 새롭다. "눈이 푹푹 쌓이는 밤 흰 당나귀를 타고/ 산골로 가자 출출히 우는 깊은 산골로 가 마가리에 살자/ (…) / 산골로 가는 것은 세상한테 지는 것이 아니다/ 세상 같은 건 더러워 버리는 것이"(「나와 나타샤와 흰 당나귀」)라고 속삭였던 백석처럼, "기다림에 지친 사람들은/ 산으로 갔어요"(「진달래 산천」)라며 또 다른 싸움의 시작을 고백했던 신동엽처럼, "산 그림자 어둑어둑 하면 그러지 않아도 뻐국새 꽃밭에서 별들이 켜든다. 제 자리에서 별이 옮긴다. 나는 여기서 기진했다"(『백록담』)고 무아지경에 빠진 정지용처럼 그를 산에든 시인의 일원으로 호명하였다.

시인이 산으로 가는 뜻은 세상과의 절연이건, 새로운 투쟁이건, 고고한 경지의 완성이건 광장에서와 달리 모두 자신과 직접 대면하려는 데 있다. 권혁소는 산의 정상이 아니라 골짜기로 향한다. 노자가 말했던 '곡신谷神'의 품, 여성적 세계로 접어든 것이다. 이는 그의 시의 정수라 할 수 있는 연대의 시 쓰기이기도 하다. 그런 측면에서 지난번 시집은 어머니의 형식과 아내의 내용이 어울려 전형적 양태를 보였다. 산으로 간 선배 시인들처럼 그의 시 또한 울림이 되어 메아리치리라 주문呪文을 썼다. 이는 궁극적으로 타자되기로서 증여의 시 쓰기로 맺어질 것이며, 이 '내어주기'의 타자되기는 그의 시에서 중요한 미래 동력이 될 것이라 예견한바 비로소 그 실체가 이번 시집에 담겼다.

5부로 구성한 시집의 내용은 다음과 같이 요약할 수 있다. 1부는 지난 시집에서 발원된 증여의 시학이 구체화된 사랑의 형태론이다. 지금 그는 소멸의 시절을 살고 있다. 분노와 조롱과 자학 속에서 구원받을 수 있는 것은 오직 사랑밖에 없다고 고백한다. 이 시집의 근간을 이루는 시론이다. 2부는 일상 속 사람들과의 만남을 시로 형상화하였다. 이는 리얼리스트로 그가 취하는 글쓰기의 양상이다. 내면에서 나와 어울려 사는 사람들의 낱낱을 기록해야 한다는 근성 같은 것이다. 일종의 르포르타주로서 시 쓰기이다. 가감 없이 드러내는 삶의 일상을 담았다. 휴머니즘이 깔려 있음은 말할 것도 없다. 3부는 생활의 단상을 담은 시들이 주류다. 여기서 현재 시인의 면모를 추적할 수 있다. 지난 시집의 잔상이 여기에도 이어졌다. 다양한 인간 면모로 등장하는 시인과 만날 수 있다. 원천으로 회귀하려는 본능적 자아, 욕망을 떨치지 못하는 자아, 페르소나에 갇힌 자아 등 저물어가는 그와 만날 수밖에 없다. 4부는 그를 둘러싼 공간이 차지하고 있다. 변방의 풍경이다. 그 안에서 터득한 지혜와 삶의 이치와 에피소드가 곰살맞다. 5부는 그의 현실적 상상력이 자리하고 있다. 그가 지향하는 역사와 정치와 이념에 대해 들을 수 있으며 지역에서 바라보는 중심의 허위를 가늠할 수 있다.

무엇보다도 이 시집을 지배하는 구경究竟은 사랑이다. 권혁소식 사랑법이 그의 시법이기 때문이다. 한 발 더 내딛어야 할 두 가지 흐름이 있다. 하나는 변방의 풍경이다. 이를 통해 그가 얻은 사랑의 시공간성을 이해할 수 있다. 또 다른 하나는 차이의 인식이다. 이를 통해 그가 말하려는 사랑의 위상位相을 읽을 수 있다.

2. 편안한 길이란 세상에 없다

권혁소는 공간적으로나 시간적으로나 어쩔 수 없이 변방에 있다. 자의든 타의든 그가 강원도 오지에 삶의 터전을 잡을 때부터 그의 시간은 중심의 가치와 의미에서 벗어나 있다. 더불어 그의 시도 지역 시인으로서 소수자 문학일 수밖에 없다. 그것은 그가 진부령을 넘는 순간 시작되었다. 변방의 공간성은 고립과 단절에서 촉발되는 불안의식이 지배적으로 드러나기 마련이다. 그래서 "동과 서는 언제나 다른 체제를 고수하고/ 정상 근처 아주 적은 부분만을 서로가 공유한다"(「진부령」). 이때 강제되거나 억압되는 것은 편안한 삶의 거부이며 자기부정이다.

백두대간 병풍 아래 산다

보이지는 않지만 휘적휘적 나가보면
철조망에 가로막힌 바다가 있는 마을에서 나는
음악 선생님도 아니고 권혁소 선생님도 아닌 그냥 학주다
체육대회나 소풍날에는 더러 학주 쌤이나 혁소 쌤이 되기도 하지만
나의 등장에 아이들은 야야 학주 떴다, 동네방네 까발린다

그도 그럴 것이 내 눈은 점점 도다리나 가자미를 닮아

왼편 것은 잘 보지 못하게 되었는데 이 모두

애들 탓이라고만 한다 나는

존나 짜증나는 존재이며 재수가 없기도 하고

더러는 한판 붙어 볼까의 대상이기도 하다

—「학주」 부분

　시적 주체가 겪는 혼돈은 자기증명의 부재이다. 음악 선생이면서도 음악 선생이 아니고, 권혁소이면서도 권혁소가 아니다. '학주'라는 은어의 익명성 속에 갇혔다. 그럼으로써 짜증나는 존재로, 재수 없는 대상으로 타자화된다. 여기에는 두 가지 의식이 자리하고 있다. 하나는 자기부정의 자괴감이다. 상실의식은 자존감의 실추를 뜻하기 때문이다. 그러면서도 또 한편으로는 그러한 부조리를 즐기고 있는 자기와 만나게 된다. 익명적이기도 하지만 악한 상징을 뒤집어 쓸 수 있기에 오히려 방종의 자유를 체험할 수 있기 때문이다. 이 모두 시적 주체가 '백두대간 병풍 아래'에, 변방에 있기 때문에 빚어진 일이다.

　날카로운 갈고리가 뭔가를 잡아당기는 느낌

　줏대도 없이 자꾸 머리가 따라 일어선다

(…)

어금니도 앞니도 모두 빠지고 없지만
수치심 따위 아랑곳 않는 늙은 개 민주를 생각했다

—「몸의 상상」부분

딱 하루가 십오 년을 넘는 사이
이빨도 귀도 눈도 어두워진 늙은 개

안위를 걱정하는 나이가 되어
손으로 슬쩍 건드려야만 천천히 고개 들어
나 아직 살아있다고 몸짓하는,
오직 후각 하나로 삶을 지탱하는 개

—「늙은 개」부분

이제 시간의 흐름 속에서도 그는 변방에 있다. 그리고 소멸
하고 있다. '늙은 개'의 이미지와 겹쳐진 시적 주체는 자신의 몸
하나 주체적으로 지배하지 못하고 종속적 상태로 빠져들고 있
다. 그러나 이러한 정체성의 끊임없는 회의와 불안 속에서도,
몸과 욕망의 부정과 결핍 속에서도 그는 삶의 전략을 골똘히
셈하고 있다. 그를 지배하고 있는 것이 병마이건 혹은 세월이

건 변방의식은 또 다른 길 찾기로 변주되고 있다. 그처럼 변방의 시공간성은 절망과 희망을 나누는 경계이기도 하지만 역설적으로 삶의 전환을 도모하는 대안이자 출구일 수도 있다. 이 탈경계적 확장과 주체의 이동은 '적응'이라는 실존적 투쟁 형식이기도 하겠지만 푸코식으로 말하면 자기배려를 통한 존재의 길 찾기일 수 있다. 그러므로 '수치심'도 변방에선 아무런 문제가 되지 않으며 '후각 하나'로도 지탱할 수 있는 현묘함을 구가할 수 있다.

변방엔 벌써 서리가 내렸다
친구여 절정은 이렇듯
적당히 잎을 떨굴 때 오는 거지
가자 무통의 나라로

—「가을 망명」부분

권혁소의 망명지가 궁금하다. 통증 없는 무감각의 세계는 어디일까. 세월은 겨울의 막다른 경계를 향해 달려가고 있는데 이즈음에 그는 어찌 절정을 꿈꾸게 되었는가. '적당히' 거리 둘 수 있는 처신의 소치인가. 아니면 변방에 내린 서릿발 같은 고통스런 선택 때문인가. 어찌 되었든 그는 변방에 있는 것이고 편안한 길 위에 있지 않다.

3. 삶을 경외하는 마지막 자세

변방에서 몸으로 하는 사랑은 거칠다. 그러면서도 끊임없이 자기를 고통 속으로 몰고 가는 결정을 서슴지 않는다. 그런 속에서 또 하나의 권혁소와 만나게 된다. 그가 시집 여기 저기 숨겨 놓은 '차이의 인식'이다. 지난번 시집에서도 눈여겨보았던 자질인데 여성적 글쓰기의 일환이다. 그것은 변방의식의 또 다른 기표다. 소수자가 본능적으로 알아차린 삶의 이법理法이기도 하다. 엘렌 식수Helene Cixous식으로 말하면 경계 넘기의 전략이다.

때로는 허름한 식당에서
어머니 같은 여자가 끓여주는
국수가 먹고 싶다

(…)

때로는 어머니 같은 식당에서
허름한 여자가 끓여주는
국수가 먹고 싶다

—「즐거운 오독」 부분

앞부분은 이상국의 시 일부이다. 이를 새롭게 읽은 것이 뒷부분이다. 이 동일한 통합체Syntagme 속에서 권혁소는 계열체 Paradigme의 차이를 발견한다. '허름한' 관념과 '어머니'의 상징을 지우고 '어머니'를 형식화하며 '허름한' 상상을 선택한다. 이 차이가 아무 의미 없다면 왜 '즐거운' 것인가. 관념은 오래되고 거스를 수 없을 것 같은 준칙으로 작용한다. 그래서 식당은 허름하기를 반복하고 있다. 그러나 중심에선 그러한 관념이 일상과 같아 아무런 의미가 없다. 클리셰일 뿐이다. 그러나 변방에서는 차이가 있다. 비록 식당은 어머니처럼 상수의 위상일지라도 허름한 여자는 그동안 금기시 했던 욕망을 일깨우고 삶의 의욕을 준동시킨다. 그래서 여자는 허름하기도 하고 꾀죄죄하기도 하고 헤헤거리기도 하고 열려 있으며 무한히 변주되는 자질이다. 변수의 위상이다. 변방에서 탈주하려는 경계 넘기이다. 권혁소가 말하려는 사랑의 양상이기도 하다.

아카시아 꽃 핀다

꽃 피어도 시큰둥했던 이유
엄마의 부재다

꽃은

그 해의 봄과 여름 사이에서처럼

하얗게 피어오르지만

엄마의 봄은 다시 오지 않고

다만 어머니의 봄이 왔다

제삿밥이라도 고봉으로 먹으라고

월급날에 돌아가신

열일곱 살 엄마의 봄

아카시아 꽃에서

엄마 냄새 난다

—「엄마의 봄」 전문

   이 시의 독법은 '엄마의 봄'과 '어머니의 봄' 만큼 천지간의 차
이가 있다. '봄'이라는 고정성을 깨뜨려야만 시가 된다. 권혁소
는 그 파천황의 혼돈 속으로 우리를 이끌고 가려 한다. '엄마'
와 '어머니'의 차이를 어서 알아차리라 봄날 아카시아 꽃을 끌
어다 냄새 맡게 한다. 이것이 권혁소의 시를 즐겁게 혹은 원초
적으로 읽는 방법이다. 쿵쿵거리며 냄새 맡아 보시라. 허름한
여자처럼 엄마의 냄새는 어머니의 봄이라는 관습적 제의 속에
서는 결코 발견할 수 없는 여자의 일생을 적나라하게 드러낸

다. 이 또한 경계 넘기의 시 쓰기이다. 그리고 이제 알아챌 수 있다. 시적 주체가 대상에 대해 차이를 인식했다는 것이 무엇인지. 그도 선택의 기로에 서 있다는 증표다. 변방에 있기에 그러하다. 사랑도 그처럼 차이의 인식 속에 어느 하나를 선택해야만 성취되는 것이 아닌가.

나중에 당신을 기억할 때
바다처럼 잔잔히 밀려오는 사람이었으면 좋겠어요
오물오물 뱉어내던 그녀의 말을
잔잔히 밀려오는 바다 같은 사람이라면 좋겠어요,라고 읽
는다

(⋯)

사랑도 흙처럼 만질 수 있는 것이어서
만드는 이의 손길에 따라
꽃병이 되거나 사발이 되거나 접시가 된다면
나는 이 전율을 주물러서 무엇을 만들게 될까

한 걸음 다가서면 두 걸음 물러나는 사랑
　　　　　　　　　　　　—「바다처럼 잔잔히 밀려오는 사람」부분

이 시는 차이의 인식이 주체의 문제로 번지고 있음을 보여준다. "바다처럼 잔잔히 밀려오는 사람"과 "잔잔히 밀려오는 바다 같은 사람"의 차이는 무얼까. 전자는 '그녀'의 주체성이 강조된 전언이다. 반면에 후자는 시인의 주체성이 우세하다. 그녀는 '바다'라는 형상보다도 "잔잔히 밀려오는" 움직임에 매혹되었다. 매우 감각적이며 주관적인 주체의 인식을 드러내는 표현이다. 반면에 시인은 '바다' 그 자체이기를 선택하고자 한다. "잔잔히 밀려오는" 행위는 그리 중요하지 않다. 그녀가 시인을 바다로 인식하는 순간 그녀는 시인에게 편입되는 것이다. 이 지배적 인식을 시인은 선택했다. 그럼으로써 둘 사이의 사랑은 이루어질 수 없었다. 동상이몽이라고 할까.

시인을 전율케 하는 사랑의 실상은 기억 속에나 존재하는 환상과 같다. 빚어지지 않은 상태라 할 수 있다. 이를 형상화하려는 욕망이 그로 하여금 시를 쓰도록 이끌었다. 이 사태가 삶과 죽음, 중심과 변방, 사랑과 시, 노동과 사랑의 차이를 인식하는 근거라 할 수 있다. 무엇을 선택할지는 알 수 없지만 분명 그는 "사랑을 잃고 시를 얻"(「지는 사랑」)고자 했으며, "사랑을 잊으려"고 "자학적 노동"(「나무의 마음」)을 선택했다. 이처럼 사랑을 향한 그의 걸음은 한 걸음에서 멈추지만 삶의 문제 앞에서는 두 걸음 더 나아가기를 두려워하지 않는다. 이런 선택을 그는 "삶을 경외하는 마지막 자세"(「지는 사랑」)라고 적었다.

4. 사랑은 호흡이다

이 시집에는 페르소나와 아니마 사이에서 갈등하는 다양한 인격이 거주하고 있다. 무소유를 실천했던 화가(「환청」)나 절망을 토분 삼아 삶을 갈아엎는 농군(「길꽃」)의 끈질긴 생명력을 스스로 삶의 자양분으로 삼기도 하고, 이상적 교사상(「함께」)을 꿈꾸기도 한다. 「벌목」, 「닭, 슬픈 봄」과 같은 시에 내재된 착한 사람 증후군도 이에 속한다. 이러한 페르소나를 쓰면 권혁소의 시는 역사의 흐름 속에서(「영화 지슬」), 자본 논리에 딴죽을 걸고(「금니의 소유권」, 「울 엄니 골프하시나」), 삶의 실종과 왜곡을 안타까워한다(「똥 푸는 날」). 그러한 의식적 자아는 세상을 감옥으로 인식한 데서(「소가 뿔났다」) 비롯한다. 이와는 달리 세상에 착종되는 것은 아닐까 불안에 싸인 무의식(「눈물점」)이 드러나기도 한다. 그 또한 경계에서 벗어나려는 선택이라 할 수 있다.

이처럼 의식과 무의식의 간극에서 권혁소가 앞세운 테마는 '사랑'이다. 변방의 시공간과 차이의 인식으로 풀어가는 경계 넘기의 글쓰기이다. 김수영은 "사랑은 호흡입니다"(산문 「요즘 느끼는 일」)라고 말했다. 그리고 "사랑은 눈에 보이지 않습니다"라고 덧붙였다. 알 듯 모를 듯 곤란하게 만드는 김수영의 어법을 제대로 따라갈 수는 없지만, 사람에게 사랑은 생명과

진배없다는 뜻으로 이해할 수 있다. 눈에 보이지 않지만 반드시 있다는 사랑의 존재감을 이토록 벅차게 이야기 할 수 있을까. 그리고 다음과 같이 이어 말한다.

　　우리들의 사회에서는 백이면 백이 거의 다 사랑을 갖지 않은 사람의 자유가 사랑을 가진 사람들의 자유를 방종이라고 탓하고 있습니다.

　　김수영의 사랑에는 '자유'가 개입되었다. 사랑하지 않는 자들, 호흡하지 않는 자들은 사람이 아니지 않는가. 좀비 같은 존재가 사랑하는 사람에게, 숨 쉬는 사람에게 탓을 하다니. 그러므로 사랑만이 사람답게 사는 근거이며 본질이다.
　　그래서 권혁소의 사랑도 그러한가 묻고자 한다. 이 시집에서 그는 다음과 같이 답한다.

　　사랑은 평화를 낳는 일,
　　그런 사랑 키우느라
　　나의 가을이 벅차다

　　　　　　　　　　　　　　　　　—「서툰 사랑」 부분

　　사랑은 평화다. 김수영의 자유가 평화로 변주되었다. 권혁소의 벅찬 시 쓰기는 김수영이 호흡했던 사랑을 길어왔다. 왜냐하면 사람만이 평화를 소망하기 때문이다. 사람 아닌 자들은 다시 말해 사랑을 갖지 않은 자들은 자유를 왜곡시켜 방종에 이를 뿐만 아니라 평화롭기를 거부하기 때문이다. 사랑이 호흡이라는 사실을 그도 알고 있기 때문이다.

> 뒤늦은 사랑은 그렇게
> 느닷없다는 말과 함께 와서
> 격조했던 언어들에게 말을 걸고
> 화석이 되어가던 심장에
> 맑은 물줄기 하나
> 흘려놓았다
>
> —「사랑, 느닷없는」 부분

　사랑의 평화는 죽어가는 말을 일깨우고 멈춘 심장을 뛰게 한다. 권혁소의 사랑도 그래서 호흡이다. 그리고 그 사랑의 기술은 분노와 조롱과 자학으로 얼룩진 시의 얼굴에 자유를 가져다준다. 시의 해방을 위해 변방에서 경계를 넘었다고 할까.